Die Schatten aus unserer Vergangenheit

2

Yae Utsumi

Inhalt

Kapitel 6: **Rashomon** 003

Kapitel 7: **Aufstand der Tiere** 023

Kapitel 8: **Das große Heft** 043

Kapitel 9: **Herr der Fliegen** 063

Kapitel 10: **Hexenhammer** 083

Kapitel 11: **Alles zerfällt** 103

Kapitel 12: **Rot und Schwarz** 123

Kapitel 13: **Goku** 143

Kapitel 14: **Schall und Wahn** 169

Das kann doch nicht wahr sein.

Mirai soll Aizawa ermordet haben?

Kapitel 6: **Rashomon**

...!

Ich bin schon etwas überrascht.

Dann warst du es also, die Aizawa umgebracht hat, Kirishima?

Urgh

Gwit

Mirai würde so etwas nie tun!

Das ist nicht wahr!

Ah ...

Nein! Ich ...

Hattest du irgendwelche Probleme mit Sumire?

Was redet ihr denn da? Ihr seht doch, dass sie ein Giftfläschchen in der Hand hält!

Hä? Wie kannst du das sagen, obwohl es einen Beweis gibt?

Seht doch genau hin!

Wartet!

Sie ist unschuldig!

... ist noch voll.

Das Fläschchen ...

Also ist Mirai nicht die Täterin?

Aber sie könnte doch ein zweites Fläschchen gehabt haben!

Wenn sie das Gift genutzt hätte, um Aizawa zu töten, wäre es leer, oder?

Ja, genau.

Unter-
such sie,
Kura-
moto.

Ich hab
nur eins
gestoh-
len.

Nein,
hab ich
nicht.

Nichts.

Schluck

...
zwar der
Verdacht,
dass du Ai-
zawa ge-
tötet hast,
erledigt
...

Damit
hat
sich
...

Puh

Wolltest du etwa jemand anderes umbringen?

... aber wieso hast du das Gift entwendet?

Darüber können wir nicht hinwegsehen!

Genau!

Mirai ...

Das ist doch klar, oder?

Du würdest doch ...

... sicherlich ...

Gwwt

Ich wollte damit Mikio umbringen!

Oh!

... kommen wir sicher nicht mit dem Leben davon.

Wenn wir weiter nach seiner Pfeife tanzen ...

...

... will nicht noch mehr von uns sterben sehen!

Ich ...

Stimmt, so kämen wir am ehesten aus der Nummer raus.

Deswegen wollte ich abwarten, bis sich eine Chance auf-tut, und ihn dann töten!

Tu es nicht! Selbst wenn es zur Selbstvertei-digung ist ...

Frau Saku-raba ...

... müss-test du für immer die Schuld mit dir herum-tragen, je-manden ge-tötet zu haben.

Das darf ich nicht zulas-sen!

Irgendwann muss doch selbst Mikio etwas essen. Das wäre die Gelegenheit gewesen!

... wenn wir unschuldig bleiben, aber tot sind?

Was haben wir am Ende davon ...

Das sind doch nur hohle Phrasen!

Um zu überleben, ist mir jedes Mittel recht!

Ich stimme Kirishima zu!

Hey!

Stifte sie nicht an!

Wenn sie das unbedingt tun möchte ...

Na, von mir aus?

Hä?

Hey, Ne-zu, was würdest du machen?

Oh!

Tja, wenn Mikio diese Unterhaltung hört, dann ist der Plan sowieso aufgeflogen.

Also ich ...

Ich will Mikio ...

... nicht umbringen!

Weil Mikio ...

...!

Wieso denn nicht?

... ein Freund ist.

Tut mir leid, Nezu.

Ach so.

Puh. Das tat gut!

Hm? Was ist los?

?!

Klatter

...Blut?!

Uwah! Ist das etwa...

Hä?

Dich hatte ich ganz vergessen!

Tss!

Und deshalb wollt ihr mich ebenfalls untersuchen?

Also hat irgendjemand von uns Aizawa getötet?!

Echt?

Na ja ...

Die Körperkontrolle erfolgte erst, nachdem Nezu von Mikio erfahren hatte, dass das Gift gestohlen wurde.

Vorher wusste von uns niemand, dass Aizawa vergiftet worden war.

Es war also, bevor der Trubel losbrach, genug Zeit, die Beweise verschwinden zu lassen.

Das stimmt wohl.

N... Nein, nicht!

Wie soll ich mich beruhigen, wenn der Täter noch frei rumläuft?

Vielleicht ...

...

Und ich muss aufs Klo!

Ja! Da gebe ich Amamiya recht.

Wenn wir ihn frei rumlaufen lassen, erwürgt er uns vielleicht im Schlaf!

Oder ist es ihm vielleicht sogar egal, wer sein Opfer ist?

... hat er es ja noch auf andere abgesehen?

Aber jetzt können wir nur ...

Wir werden den Mörder von Aizawa bestimmt finden.

Katang

Ah!

... Vorkehrungen treffen, damit wir nicht, wie Mizouchi gesagt hat, im Schlaf erwürgt werden.

Platsch

Klock

... dass es wohl eher für einen von uns gedacht war.

Natürlich könnte man damit auch Mikio umbringen, aber ich befürchte ...

... dann ist mir ...

Sollte wieder etwas passieren ...

!

... um den Täter zu entlarven.

... jedes Mittel recht ...

... wohl zu spät gekommen.

Da bin ich ...

Legt sie in den Kochunterrichtsraum.

Aizawa ist tot.

Was ...

Wir werden ihn finden!

Es war einer von euch.

Ich wasche aber meine Hände in Unschuld.

... denn mit dem Täter tun, sobald ihr ihn erwischt habt?

... wollt ihr ...

Hier kann man ganz genau erkennen, wie du ...

... Gift in ihren Becher gibst.

Ngh!

Hä?!

Aber ich habe ein großzügiges Angebot für dich.

... Reaktion zufolge bist du zweifellos die Mörderin!

Deiner ...

... überhaupt nicht mein Typ, aber ich nehm, was ich kriegen kann.

Hah

Dein Gesicht ist zwar ...

Hah

Lass
mich dich
ficken!

Ich
werde ihn
natürlich
totprü-
geln!

Was
ich mit
dem Täter
machen
will?

Lässt du dich brav von mir bumsen oder soll ich allen deine Schuld stecken?

Und? Was sagst du?

Tja, die Antwort liegt eh auf der Hand.

Kapitel 7: **Aufstand der Tiere**

Du hast echt Glück ...

... dass gerade ich es bemerkt habe, hä hä.

... wärst du eine Mörderin! Hä hä hä!

Wenn es rauskommt ...

H... Hör auf!

Fuck!

Bamm

Yama-
guchi!

Ey,
war-
te!

Nezu.

Tut
mir
leid
...

...
Nezu.

Mirai?

Ich habe
einfach ge-
handelt, ohne
vorher mit dir
zu reden.

So toll ...

Dabei ist Mikio doch ...

... einer deiner besten Freunde gewesen.

... war unsere Freundschaft nun auch nicht.

Ich will nur ...

... dass er ...

... lebend für seine Verbrechen büßt.

L...

Lass mich los, bevor uns noch jemand sieht.

Ach ja.

... umar-men.

... dich nur für einen Augenblick noch ...

Lass mich ...

Okay.

Hah

Hah

Was soll der Krach?

Was ist denn?

Bleib stehen! Yamaguchi!

!

Sie hat Aizawa getö-tet!

Fangt Yama-guchi ein!

Wa...

I... Ich habe Be-weise!

Botsch

... du Mör- derin.

Wider- stand ist zwecklos ...

...

Ver- dammte Scheiße!

Lass mich frei!

34

Verdammt! Sie werden Yamaguchi noch ...

Wir können nicht tatenlos darüber hinwegsehen.

Sag mal ...

Genau! Wieso hast du Sumire ...

Hast du einen Grund dafür gehabt?

... warum hast du Aizawa getötet?

... Yamaguchi ...

Hi hi

Was gibt es da zu lachen?

Ah ha ha ha ha!

Hi hi hi

... zum Schießen, wie vergesslich ihr alle seid ...

Nichts. Es ist nur ...

Urgh

Bwotsch

Hä?!

Ihr beide seid mit schuld an Aizawas Tod.

Hör auf zu lachen und spuck es endlich aus!

Aizawa, Osanai und Kuramoto ...

... ihr habt mich früher nämlich gemobbt.

Davon weiß ich nichts!

He! Was redest du da?

Wie?

Ihr habt mich vorhin gefragt, warum ich zum Klassentreffen gekommen bin.

Ganz einfach. Ich bin hier, weil ich eure Reaktion sehen wollte!

Stimmt.

Siehst du, Amamiya? Eigentlich sind sie doch alle gleich.

Aber am meisten ...

... ekele ich mich vor mir selbst, weil ich mich so lange davon hab fertig-machen lassen.

Nezu.

Yama-guchi ...

Hey. Ist nicht langsam mal gut?

Wie?

Schon damals ...

Von allen hier widerst du mich am meisten an.

Lynchen wir sie!

Wir verprügeln sie, bis sie sich nicht mehr rühren kann!

Immerhin wollte sie uns allen an den Kragen!

Die Frage ist, was wir jetzt mit ihr machen.

Mir ist schnuppe, was Yamaguchi früher zugestoßen ist.

Reicht es nicht, wenn wir sie einfach nur fesseln?

Moralisch wäre das aber ...

... Sumire ...

Weil sie ...

Ich bin erst zufrieden, wenn sie für ihre Tat geblutet hat!

Nein!

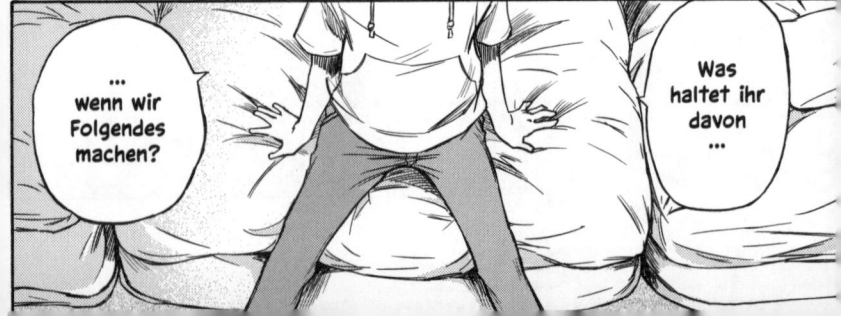

... wenn wir Folgendes machen?

Was haltet ihr davon ...

Ein Klassengericht.

So können wir die Schwere ihrer Straftat festlegen.

Ein Klassengericht?

Hm? Interessant!

Let i

Yumi Kuramotos Anhörung nach dem Vorfall an einem Tag im September

Ähm, wo waren wir stehen geblieben?

Ach ...

... ich war beim Klassengericht, oder?

Kapitel 8: Das große Heft

Nein, der ist uns damals nicht besonders aufgefallen.

Wie? Nezu?

Beim Klassengericht ...

... war eher Yamaguchi der Rädelsführer.

Er wurde ...

... erst etwas später so.

Warum müssen wir ...

... so etwas Nerviges wie ein Klassengericht abhalten?!

Du willst doch nur gut dastehen, indem du andere runtermachst.

Was redest du denn da, Kajiwara?

Aber zieh nicht andere mit hinein!

Mach, was du willst, wenn du ihr nicht vergeben kannst!

Was wird nun aus mir?

... muss sich erst recht nicht aufblasen.

Und ein hirnloser Muskelprotz wie du, Inukai ...

Hat mein Leben überhaupt noch einen Wert?

Ich habe jemanden getötet.

Das klingt spannend.

Toll. Ein Klassengericht.

Mikio!
Seit wann
bist du
hier?

!!

Das
machen
wir!

Alles
klar!

Wa...

Dieses
Klassen-
gericht
...

Ach, und
natürlich
werde ich
es leiten.

...
wird un-
ser zweites
Experiment
werden!

Aber ein Klassenge-richt ist ein perfektes Experi-ment!

Mein-test du nicht, wir tun heute nichts mehr?

B... Bitte nicht!

... wie auf-richtig und gut ihr selbst seid.

Die Art, wie ihr das »Böse« be-strafen wer-det, wird zeigen ...

Nein!

Was meinst du?

Hä?!

Dabei werden sicher ...

... für alle bedeutende Erkenntnis-se ans Licht kommen.

Was wäre, wenn Mizuno Yamaguchi im Affekt töten würde?

Es ist barbarisch, sich nur von seinen Gefühlen leiten zu lassen.

So kann man keine Ordnung aufrechterhalten.

... als Gefahrenperson eingestuft werden.

Dann würde Mizuno als Nächstes ...

...

Mist!

Du hast uns diesen Schlamassel doch erst eingebrockt!

... würde niemand mehr übrig bleiben, oder?

Wenn sich das wiederholen würde ...

... um ihre Strafe fest- zulegen.

Aus diesem Grund ...

... müsst ihr ein Verfah- ren gegen Yamaguchi einleiten ...

Dafür müsst ihr ruhig mit- einander reden.

... du Mist- krö- te!

Sieht so aus ...

Es soll al- so erst noch entschieden werden, wie »böse« ich bin.

Das finde ich gut.

Gerade du musst nicht auf scheinheilig machen, Tsuki- oka!

Lasst uns das Klassen- gericht machen.

... dass Ya- maguchi so gehandelt hat.

Immerhin könnten wir nicht ganz un- schuldig daran sein ...

Also, machen wir es!

Als Lehrerin finde ich die rationale Variante ebenfalls besser!

Okay!

Als Lehrerin ist sie komplett unfähig. Ich habe sie so satt.

Wieder nur leere Worte statt Taten.

Wie konnte es nur so weit kommen...

Haaach...

Wenn Frau Sakuraba das sagt ...

Da bleibt uns ...

... nichts anderes übrig, oder?

Geht klar.

Ja.

Würdest du bitte den Schriftführer übernehmen, Nezu?

Einen Anwalt oder so?

Und sonst?

... werden hauptsächlich die Anwälte ihre Meinung sagen.

Wenn wir Verteidigung und Anklage festlegen ...

Hm? So was brauchen wir nicht, oder?

Also ...

...

Dann würde es kein »gemeinsames Gericht« werden.

...

Der Beweis ist ein Video, das Shoyan aufgenommen hat.

Irgend-welche Einwän-de?

Aber Shoyan ...

Okay!

Nun gut. Wollt ihr Yamaguchi irgendwel-che Fragen stellen?

Urgh

... soll-test du wieder heim-lich ...

... Videos machen, bring ich dich um, okay?

... aufgestellt zu werden!

Dieses Jahr ist sie endlich in die Startmannschaft gekommen!

Sumire hat es an die für Fußball berühmte Tokiwagi-Mädchenakademie geschafft. Sie hat ihr Bestes gegeben ...

... und hart dafür gekämpft, bei großen Spielen ...

... hat sie mir erzählt ...

... dass sie sich in jemanden verliebt hat!

... mich letztes Jahr vor dem Klassentreffen mit Sumire und Yumi getroffen habe ...

Als ich ...

SMILE CAT

klatter

klatter

... aber sie ...

Sie hat sich etwas geniert ...

... hat so glücklich davon erzählt!

Hä?

Das hab ich doch gesagt ...

Du kannst Yamaguchi also nicht verzeihen, solange sie nicht um Vergebung bittet.

Ach ja?

Also könntest du einen Mord durchaus vergeben?

Darf ich dir eine Frage stellen?

Hier!

Wie?

Weil ich neidisch auf dich war.

...

... auf die Idee, dass du sie umbringen willst?

Warum kamst du gerade heute ...

Sich an ihm für alles zu rächen, hat sich bestimmt gut angefühlt.

Du hast offenbart, dass der Klassensprecher dich gemobbt hat.

Dieses Urteil können wir erst fällen, wenn wir wissen, was die anderen Yamaguchi angetan haben.

Ich plädiere für die Todesstrafe.

Aber dafür musst du doch niemanden umbringen!

Diese Genugtuung wollte ich auch spüren.

SMILE CAT

... Yamaguchi?

Erzählst du uns davon ...

Du hast recht.

Ja.

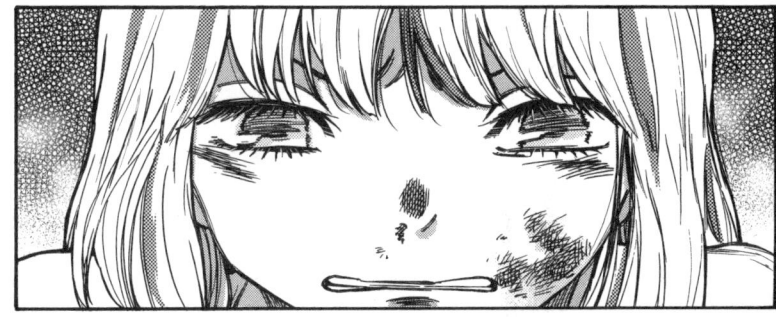

Obwohl sie am Vortag normal mit mir geredet hatten ...

... ignorierten sie mich auf einmal.

Ähnlich wie bei Amamiya ...

... waren es zu Beginn nur Kleinigkeiten.

Yamaguchi ...

»... komm näher und du bist tot«, oder: »Hau ab, du nervst.«

Diese lagen plötzlich in meinem Tisch. Darin standen Dinge wie ...

...
Briefe zu schicken.

Sie begannen mir heimlich ...
lich ...

...
ein ganzes halbes Jahr lang!

Tagein, tagaus ...

Und sonst?

...

Während ich litt, haben sie mich heimlich beobachtet ...

Das war's.

Sie haben dich nicht geschlagen oder beklaut?

Wie? Mehr war das nicht?

...
und sich köstlich amüsiert!

Wa...

Wenn wir sie be-strafen ...

... müssen wir auch Osanai und Kuramoto bestrafen, oder?

Hm?

Eine gute Idee.

Wenn wir sie bestrafen ...

... müssen wir auch Osanai und Kuramoto bestrafen, oder?

Hm? Eine gute Idee.

Kapitel 9: Herr der Fliegen

Nein? Warum nicht?

Das steht doch gar nicht zur Debatte, oder?!

W... Warum sollen wir bestraft werden?!

Und das sagst gerade du, Mizuno?

Wegen einer Kleinigkeit von früher müssen wir nicht so ein Theater machen!

Hä?

Ist das euer Ernst?

D... Das frittierte Hähnchen ...

Bamm

Daher aß ich bis zum Umfallen davon und bin so aufgegangen, ha ha. Deshalb ...

Ich hab es geliebt.

Hä? Was redest du denn da?

... ist lecker, oder?

... vom Convenience Store ...

... dass es nur eine Kleinigkeit wäre, oder?

Eben meintest du ...

... und fett genannt.

... wurde ich in der Mittelschule gemobbt ...

... überhaupt keine Kleinigkeit!

Für die Opfer ist es ...

... kann Mizuno nicht zustimmen.

Ich ...

Einspruch.

... nichts hiermit zu tun.

Ja und? Das hat ...

Deshalb sollten Kuramoto und Osanai auch bestraft werden!

Ja, das denke ich auch!

Genau! Das wäre nur fair!

Mobbing...

...ist ein schweres Verbrechen.

...ist gekippt?

Die Stimmung...

Idiot.

Genau!

Schnauze! Seid ruhig, ihr Nebencharaktere!

Zuck

Wenn das so ist...

...kann ich die anderen auf meine Seite ziehen!

!

Mizunos Ausbruch beweist genau das, was Amamiya gesagt hat.

Seht ihr?

Wenn ihr das »Böse« in euch nicht erkennt und bestraft ...

Es ist eure Aufgabe, die Ordnung aufrechtzuerhalten, oder?

... Vorfälle aus unserer Kindheit doch nicht mit Straftaten gleichsetzen!

Aber man kann ...

Oh nein!

Dann stimmen wir eben ab.

... bricht Chaos aus.

... dass Osanai und Kuramoto ebenfalls bestraft werden sollen?

Wer ist der Meinung ...

Kaji-wara ...

Hey, du kannst nicht ein-fach ...

Ts!

Hm ...

Wofür stimmst du?

Wie däm-lich.

...

Das ist nahezu einstimmig.

Hm?

Alles klar!

...gefährliche Leute nicht frei herumlaufen lassen, bin ich zufrieden.

So-lang wir...

...

Weiter?

Wir machen weiter.

Mizu-no?!

Ver-standen. Macht, was ihr wollt.

Vielleicht müssen sie ab jetzt in Unterwäsche rumlaufen?

Was darf es sein? Stechen wir ein Auge aus? Reißen wir Fingernägel aus?

Oder vielleicht keine körperliche, sondern eher eine psychische Strafe?

Wir werden konkret entscheiden, wie die Strafe der drei ausfallen soll.

Nein, eher andersrum!

Ich bin eher gegen Gewalt.

Wow. Du bist echt das Letzte.

Ha, das wär was.

Ach ...

N... Nein.

Einen Knochen brechen?

Oh! Wie wären hundert Schläge?

Dabei habt ihr ...

... darüber zu reden, andere zu verletzen?

Habt ihr etwa so viel Spaß daran ...

... eine Sache außer acht gelassen.

... jedoch ...

Wir sollten ohne die drei darüber reden.

N... Nein.

Oh! Stopp.

Ganz vergessen!

Wie?

Nein
...

... das will
ich nicht!

Schrutsch

Danke
für eure
Geduld!

Wir sind
fertig.

Urgh

Es ergeht folgendes Urteil ...
Wamms
Klassengericht
... Yamaguchi bekommt einen Arm und ein Bein gebrochen.
Osanai und Kuramoto bekommen einen Finger an jeder Hand zertrümmert!

N...

Nein!

Puh

Wie?

Nein, ich habe nur über das Wie nachgedacht.

Ein Bein bre-chen?

Hi hi

Was gibt es da zu lachen?

So ein Glück. Es ist nicht die Todesstrafe.

Aber ...

Hä?

Wer wird uns denn die Knochen brechen?

Ich habe zwar das Gericht geleitet, aber ich bin nicht der Vollstrecker.

Nein, nein.

Du machst das doch, Mikio?

Einer von euch wird es machen.

Urgh

Dabei habt ihr so hitzig diskutiert.

Meine Güte? Was ist denn?

Am lautesten hast du danach gerufen.

Deshalb dürft ihr jetzt keine kalten Füße bekommen.

... habt ihr debattiert, wie ihr die drei abfertigen wollt, oder?

Klock

War nicht gerade noch von Gerechtigkeit die Rede?

Um die Ordnung aufrechtzuerhalten und euer Leben zu retten ...

Er wusste, dass es so ausgehen würde.

Mikio wollte von Anfang an kein klassisches Gericht.

Dabei hast du dich mit solcher Inbrunst für die Bestrafung der drei eingesetzt.

Was ist los?

Warum zögerst du denn?

Es ist leicht, von seiner hohen Warte über andere zu urteilen.

Aber damit kommst du hier nicht davon.

Hat es sich gut angefühlt? Man kann als Außenstehender schnell den ersten Stein werfen.

Du ...
... gehörst nämlich auch dazu.
Los! Nimm den Hammer der Gerechtigkeit ...
... und zertrümmere damit die Sünden der Mädchen.
Wenn du dich weigerst ...
... töte ich dich.

Los! Nimm den Hammer der Gerechtigkeit und zertrümmere damit die Sünden der Mädchen.

Wenn du dich weigerst, töte ich dich.

Kapitel 10: Hexenhammer

Sieh mich nicht so an!

Ah ...

Das hast du dir selbst eingebrockt, weil du ohne Rücksicht auf Verluste auf andere einschlagen wolltest!

Heh

So ein Idiot.

Du hattest die Todesstrafe für Yamaguchi verlangt, aber wäre das durchgekommen ...

!

Glück gehabt, Mizuno.

Puh

Grins

Mizuno wollte mich also tot sehen, was?

...

Tsumm

Ein Finger rechts und einer links.

Fangen wir mit Kuramoto an.

u...

Uuuh

Spreiz ...

... deine Finger auf dem Tisch.

Los! Kajiwara, tu es!

Hah

Hah

W... Wenn ich es recht bedenke, ist die Strafe zu hoch!

Wollen wir das Gericht nicht wiederholen?

J... Jetzt warte mal!

Das ist unfair!

... du jetzt was tun musst.

Hä? Du ziehst bloß den Schwanz ein, weil ...

... son- dern von allen hier.

Und zwar nicht nur von Kaji- wara ...

Es ist unfair, keine Verantwortung für seine eige- nen Aussagen zu überneh- men.

Ganz genau, Mizo- guchi.

Habt ihr endlich verstanden, worauf ich hinauswill?

Hi hi

Dies ist ein Spiel.

Genau!

...stellt sich keiner vor...

Auch das Bestrafen und Töten von Menschen.

Alles auf der Welt ist ein Spiel.

Es macht Spaß, einfach auf andere einzuschlagen, ohne für die eigenen Aussagen Verantwortung zu übernehmen.

...wie sehr die Mädchen leiden, wenn ihnen die Knochen gebrochen werden.

Während man selbst unverblümt eine harte Strafe verlangen kann...

War nur 'n Scherz!

...

SMILE

...

was hast du nur vor?

Mikio ...

Es ist ein Test.

Sonst haust du wieder daneben.

Mach die Augen richtig auf.

S... Sieh mich nicht so an!

Er meint zwar, ich soll nicht wegsehen...

Sieh ja nicht weg.

Gwip

Los. Schau diesmal genau hin.

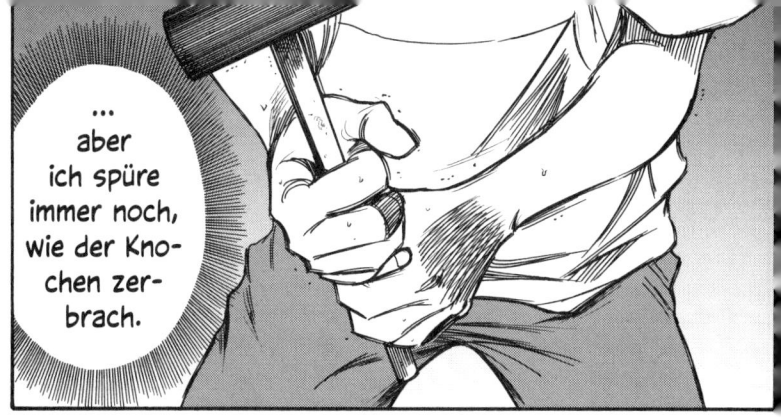

...
aber
ich spüre
immer noch,
wie der Kno-
chen zer-
brach.

Ich
werde
sie auch
festhal-
ten!

Komm! Es
fehlt noch ein
Finger an der
linken Hand!

uaaaargh!!

Mehr
halt
ich
nicht
a...

Nein,
nein!
Hört
endlich
auf!

I... Ich mache alles dafür!

N... Nein. Bitte nicht!

!!

Komm, Kajiwara. Osanai ist auch noch dran.

... ich dir also noch Schlimmeres antun?

Tust du das? Dann könnte ...

Mir reicht es!

Ich kann nicht me...

Kaji-wara ...

Urgh

Augen zu und durch. Dann ist es ganz schnell vorbei.

Zerr

Gib schon auf.

...

Nezu, hör auf...

Ne...

Watsch

Ah... Hrgh
Hngh
Uuuuh
Ne... Nezu, wieso ...
Ist doch egal ...
... wer das hier macht.

Bwack
Du tanzt mir ...
... ein bisschen zu sehr auf der Nase herum.
Urgh
Wamm
Botsch
Nezu!

... müssen bestraft werden.

Unge-horsame Kinder ...

Klack

Ich tu alles dafür!

Hör auf! Vergib Nezu, bitte!

Lass das, Mirai!

!!

Wapp

Dann zieh dich aus und mach einen Hund nach.

Kein Wun-der, dass du auf den Gedanken gekommen bist, mich kaltzuma-chen.

Hi hi! Deine Ent-schlossenheit ist beäng-stigend.

Klapp

...

Du kannst natürlich nicht für Nezu einspringen.

Tut mir leid, das eben war gelogen.

!!

... sag ...

Zerr

Urgh

Nezu ...

... wie soll ich dich bestrafen?

Nezu?

Nezu, geht es dir gut?

Kapitel 11: Alles zerfällt

Mirai?

...

Wie spät ist es?

Halb neun.

Urgh ... Autsch ...

!!

Wabamm

Bist du endlich wach?

Was ist ...

Mach langsam.

... Pausen-zeit!

Wie?

Deshalb teile ich euch nun in Gruppen ein, damit ihr euch bis zur Schlafenszeit amüsieren könnt.

... und bestimmt viel zu erzählen.

Ihr habt euch so lange nicht gesehen ...

Vertragt euch miteinander.

Allerdings gibt es eine Regel.

Puh

106

Zum Glück bin ich nicht in Mizunos Gruppe.

Da würde es bestimmt schnell Stress geben.

... was genau hast du nun vor?

Mikio ...

Ah! Ich habe mir das notiert.

Wie wurden denn die anderen Gruppen aufgeteilt?

Yang

6-B
Yoshida
Anazawa
Shigeo
Jiki
Saitoma

6-C
Mogi
Endo-shi
Inaba
Aoto
Kan-dana

6-D
Tsubi-hara
Konda
Kijo-uiro
Yana-yuki
Kan-watsu

6-E
Duschraum

5-A
Megu
Dousa
Enu-Tena
Hoyzk
Mega-yuki

Wir befinden uns jetzt ...

... im Klassenzimmer 6-C, das zum Jungenzimmer umfunktioniert worden ist.

Die anderen Gruppen sehen so aus.

6-B

Ishi Sakamoto Shoyan Amamiya Hasebe Tsukioka

6-D

Oikawa Tachibana Yamaguchi Kuroda Kuramoto Kajiwara

5-A

Mizoguchi Hazuki Saotome Osanai Mizuno

Was meinst du?

N... Nein. Schon gut.

... ist es fast, als ...

So gese- hen ...

Könnte die Gruppen- aufteilung Absicht gewesen sein?

Wer weiß?

Nein, sie ist nur die Vizeanführerin.

Hä? Aber wer ist es dann?

... An-führe-rin?

Ist Frau Sakuraba unsere ...

Du, Nezu.

Inu-kai ...

... Diskus-sionen und alle meinten, du bist ein korrekter Kerl.

Aber keiner hatte Bock auf ...

Warum ausgerech-net ich?

Ich war eigent-lich da-gegen!

... aber ...

... du setzt dich immer für uns andere ein.

Eigentlich bin ich nicht ganz damit einverstanden, wie du manche Dinge angehst ...

Ando ...

...

Das hat Mirai so gesagt.

Aber sag mal, Nezu.

Hmpf

Danke, Leute.

Hä?

... irgendwas ins Ohr geflüstert, oder?

Mikio hat dir doch, kurz bevor er dich geschlagen hat ...

Ach ...

Tut mir leid, Mirai ...

Ach so?

... dass er mich, wenn ich mich noch mal einmische, tötet.

... er hat mich ermahnt ...

Mehr nicht.

... was er mir gesagt hat.

Ich kann dir nicht verraten ...

!

Hey, Nezu!

Wie? Ähm ...

Ja, es stinkt bis zum Himmel.

Es ist offensichtlich.

Keine Geheimnisse mehr.

... geht doch miteinander?!

Ihr zwei ...

Wie?

Aber sag mal ...

Verdammt! Warum ist so ein Trottel wie du denn mit Kirishima zusammen?

...

Nein ... nun ja ... ihr habt recht.

Das stimmt doch, oder?!

Ich wusste es!

Flüster

... wie weit seid ihr gegangen?

Halt! Nicht so fest, sonst geht meine Kopfwunde ...

Wapp

Wapp

Ich bring dich um!

Inukai, denk an die Regeln!

... so weit, wie man eben geht, wenn man ein Paar ist.

Nun ja ...

Anscheinend kann ich als Lehrerin nicht mal meine Schüler beschützen.

Das ist so frustrierend.

Frau Sakuraba...

Ist etwas mit Ihnen?

...

Sie sind die Vizeanführerin!

Frau Sakuraba! Bestrafen Sie bitte Inukai!

Beruhigt euch erst mal.

Wie? Meinst du?

Hör mal, Inukai!

Sie sind in der Tat eine erbärmliche Lehrerin.

Danke.

Aber nimm deine Hand weg.

...müssen Sie Ihren Job als Lehrerin echt lieben.

Darauf können Sie stolz sein.

Aber weil Sie nach 5 Jahren zu einem Klassentreffen früherer Schüler kommen...

Inukai, du bist echt das Letzte.

I... Inukai, du bist unmöglich!

Ich dachte, dass niedergeschlagene Frauen leichte Beute sind!

Wieso denn?

Hi hi

Sprich das nicht laut aus!

Und sie ist schon dreißig.

... ist mir wieder zum Lachen zumute.

Irgendwie ...

Was kommt wohl als Nächstes?

Ich weiß es nicht.

Es ist gleich neun.

Immerhin halten wir uns so an den Befehl uns zu vertragen.

Schon vier ...

... unserer Kameraden sind gestorben.

Ich kann es immer noch nicht glauben.

Doch normal zu sein ist wohl besonders.

... die unbeschwert aufgewachsen sind.

Bisher dachte ich, dass wir ganz normale Jugendliche waren ...

6-D

Ich lasse nicht zu, dass unser unbeschwertes Leben zerstört wird!

Ich werde alle Hindernisse überwinden, die Mikio uns in den Weg stellen wird!

Ja.

Viel-
leicht
merkt ...

Spinnst
du?

Hä?

Hey! Wa-
rum rufen
wir nicht
um Hilfe?

... dadurch
jemand da
draußen,
dass et-
was nicht
stimmt,
oder?

W... Wa-
rum nicht,
Klassen-
sprecher?

Das
sollten
wir besser
lassen.

Nein.

Hä?
Wieso
denn?

Früher oder
später werden
die da draußen
sowieso bemer-
ken, dass etwas
bei uns nicht
stimmt.

Urgh

Wenn wir
zu laut wer-
den, könnte
Mikio es eben-
falls hören.

Er würde
uns töten,
bevor man
uns zu Hil-
fe kommt.

Oder ein Freund, der nichts vom Klassentreffen weiß.

... werden irgendwelche Eltern bestimmt anrufen, oder?

Obwohl wir gesagt haben, dass wir hier zwei Nächte und drei Tage bleiben ...

... auch das vorhergesehen hat.

... denke, dass Mikio ...

Ich ...

Wenn wir nicht rangehen, werden sie sich wundern.

Wir können also nur die Füße stillhalten.

Ja ...

... wird er auch dafür etwas geplant haben.

Wenn uns also jemand retten kommt ...

Und genau deshalb ...

Du Perverser!

Ja! Bleib bloß weg!

Klappe! Sei einfach mal ruhig!

... sollten wir doch ...

Also ...

Tss! Abschaum wie er sollte nicht den Heiligen spielen!

Das musst gerade du sagen.

... haben wir den Klassensprecher zum Anführer gemacht.

... nachdem ich vorhin meine schlechte Seite gezeigt habe, ist mir jedes Mittel recht.

Das hab ich auch nicht vor, aber ...

Wahrscheinlich plant Mikio das gerade.

Hä? Was?

Sssssst

6-B

... die Stanford University in Amerika ein psychologisches Experiment durchgeführt.

In der Woche vom 14. bis 20. August 1971 hat ...

Das Stanford-Prison-Experiment ...

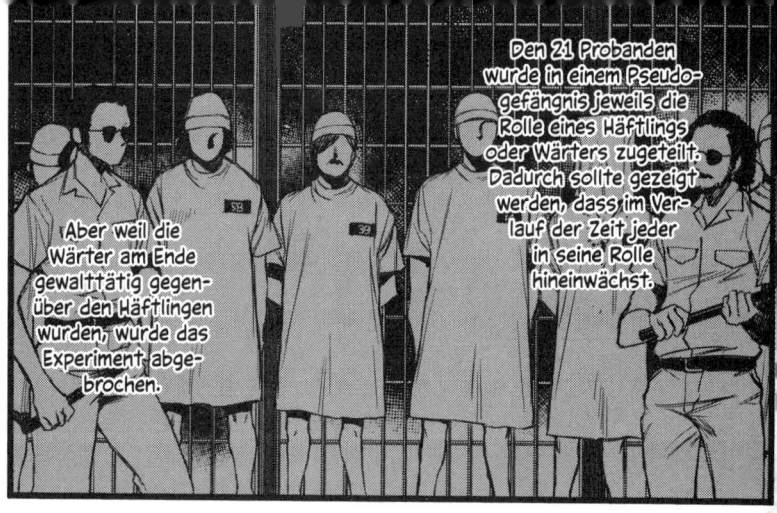

Den 21 Probanden wurde in einem Pseudo-gefängnis jeweils die Rolle eines Häftlings oder Wärters zugeteilt. Dadurch sollte gezeigt werden, dass im Verlauf der Zeit jeder in seine Rolle hineinwächst.

Aber weil die Wärter am Ende gewalttätig gegen-über den Häftlingen wurden, wurde das Experiment abge-brochen.

Echt?

... okay. Das Expe-riment ist nur wenig glaubwür-dig.

Al-les ...

Wie bitte? Das ist ja gru-selig.

Solange wir also bei Verstand bleiben ...

... können Menschen in so kurzer Zeit nicht verrückt werden.

Wenn man nicht dieselben Fehler macht ...

... aber ihr fehlt für das Kom-mende das Vorstel-lungsver-mögen ...

Tsukioka hat zwar ein großes Allgemein-wissen ...

50 Punk-te.

Ich brauch noch etwas Zeit.

Nicht mehr lange ...

Kapitel 12: Rot und Schwarz

Ach ja. Wir hatten dir das noch gar nicht gesagt, Nezu.

Wohin denn?

Oh! Gleich halb zehn. Wir müssen langsam los.

6-C

Bevor wir uns aufge- teilt haben, meinte Mikio, dass ...

... um halb zehn bitte der Anführer und der Vizeanfüh- rer in den Koch- unterrichtsraum kommen sollen.

Ah, Nezu!

Damit wären alle hier.

Hä?!

Tut mir leid. Ich habe meine Meinung geändert.

Aber die sollten doch für heute vorbei sein!

Ich dachte, wir könnten noch ein Experiment machen.

Und nun?

Was hast du vor?

...!

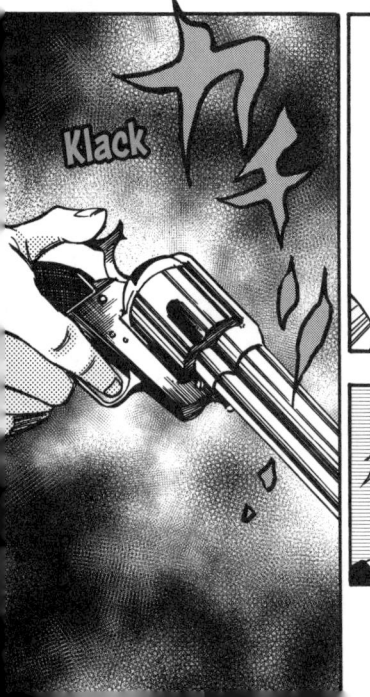

Klack

Alle sind erschöpft! Daher ...

Warte! Mach es besser morgen!

Hä?

Sei still.

Hm? Soll eine Schülerin statt dir sterben?

Was wäre, wenn ich stattdessen auf Hazuki schieße?

Was?

Ah!

Sag: »Entschuldigung, dass ich mich als unfähige Lehrerin so aufgespielt habe.«

Dann knie nieder!

Bitte schieß nicht, es tut mir leid!

H... Hör auf!

Hrgh

Urgh

Gwatsch

Frau Sakuraba...

... als u... unfähige Lehrerin so aufgespielt habe.

E... Entschuldigung, dass ich mich ...

Hörst du? Wenn du dich wieder auflehnst, kenne ich kein Erbarmen.

Knirsch

Knirsch

Was hat das zu bedeuten?

Im Gegensatz zu den anderen bist du nämlich keine »Freundin«.

Das nächste Experiment ...

Dann erkläre ich die Regeln.

Nur bei unserer Lehrerin ist er so hart ...

Der Name ist »Rock 'n' Roll im Jailhouse Rock-Experiment«!

... wird ein Punktewettkampf zwischen den Gruppen!

Hm? Ist was, Tsukioka?

N... Nein.

Wie?

Ist das dein Ernst? Der Name von dem Experiment ist ein Witz!

?!

... ihr Anführer seid die Wärter.

Und ...

Die Schule ist jetzt ein Gefängnis.

Außerdem ...

Alle anderen sind Insassen.

...

Aber dann ist ja gut ...

Dies ist wirklich das Stanford-Prison-Experiment.

... dürfen die Wärter mit den Insassen machen, was sie wollen.

... werden nicht auf die Tücken dieses Experiments hereinfallen.

Meine Mitspieler ...

Wie?

...

Aber was meinte er mit Punkten?

Ein ausgerissener Fingernagel: siebzig.

Ein Knochenbruch: fünfzig.

Und ein Mord gibt tausend.

Ein Schlag ins Gesicht gibt zehn.

Ich erkläre das Punktesystem.

W... Was erzählst du da?

... und ...

... Bei dem Experiment werden für körperliche Schäden an den Häftlingen durch die Wärtern ...

... also zwei von euch ...

... die Wärter der Gruppe mit den niedrigsten Punkten ...

... Punkte vergeben ...

... werden sterben.

Was?

...

Der Test endet um null Uhr.

Im Gegensatz dazu wird die Gruppe mit der höchsten Punktzahl einen Freischein für morgen erhalten.

Prägt sie euch gut ein.

Hier. Eine Tabelle der Punktwerte.

Damit wir dieses Experiment überleben...

Hast du sie noch alle?

Natürlich dürft ihr währenddessen keine Informationen zwischen den Gruppen austauschen.

...sollen wir also andere in unseren Gruppen verletzen?!

Verstanden?

Bamm

Warte...

Hm?

Was meinst du?

Mikio ... deine Erklärung hinkt et- was.

... die gleiche Punktzahl haben?

Was passiert, wenn alle Gruppen ...

Er- wischt!

Ah ha ha

Ach?

Falls alle Gruppen nichts machen und mit null Punkten auf- hören ...

... werden die restlichen Experimente abgesagt und ihr alle frei- gelassen.

Ohne Witz.

Brabbel

W...

...

Wirklich?!

Ich will einfach nur feststellen ...

... hast du wirklich vor?

Hey, Mikio, was ...

... wie stark euer Moralverständnis ist.

Also bitte!

Schluss mit den Privatgesprächen!

Nein! Wartet bitte. Das ist ...

Okay!

Oder?

In dem Fall wäre es das Beste, wenn wir alle nichts tun!

Ja ...

Möge das Experiment beginnen!

Bis ihr zurück in euren Klassenzimmern seid, dürfen sich die Anführer nicht unterhalten.

?

!

Ich glaube fest daran ...

Wollte Nezu gerade ...

... das »Gefangenendilemma« erwähnen?

... echte »Kameraden« seid.

... dass ihr alle ...

Alle würden den größten Nutzen daraus ziehen, wenn niemand was macht.

Aber wenn irgendjemand ausbricht und Punkte sammelt ...

Verdächtiger A	gesteht	gesteht nicht
gesteht	5 Jahre Haft	10 Jahre Haft nur für A
gesteht nicht	10 Jahre Haft nur für B	2 Jahre Haft

Verdächtiger B

... wird es sicher Tote geben.

Das heißt also ...

POFF

Alles wird gut.

... dass das Vertrauen aller getestet wird.

... können wir es schaffen.

Mit diesen Leuten ...

... wir diese Hölle.

Gemeinsam beenden ...

Hör auf!

Neiiin!!

!!

Betrügen wir, überleben wir. Werden wir betrogen, sind wir dran ...

Watsch

Halt die Fres-se!

Wie konn-test du nur?!

Du Mons-ter!

Was sollen wir sonst ma-chen, um einen Fluchtweg zu finden?

Wir haben doch keine Wahl!

Bamm

!!

Halt! Was macht ...

Das Fenster ist auf ...

Schepper

Uhuu

Uuh

Hör auf, Sho-yan!

Also ist die Leiche da draußen ...

Es sind alle da?

Ach so.

Oder, Sho-yan?

... sieht ganz nach dir aus.

Wer hat Koshimizus Leiche aus dem Fenster geworfen?

Ich musste herausfinden, ob wir über die Fenster abhauen können!

Außerdem ...

Es ging nicht anders!

Nun ja ...

Es spielt also keine Rolle mehr.

... ist Koshimizu längst tot.

Hä?! Du hast es doch auch mit Kuroda getrieben, damit du hier überlebst!

Wie kann man nur so tief sinken?

Du bist das Letzte!

Irgendwie hat Shoyan recht.

Kobeni!

... dass Mikio dort eine Falle gelegt hat!

Wenigstens wissen wir nun ...

Wir können nicht über das Fenster abhauen, fuck!

Aber ...

Klack

Damit sollte die Sache erledigt sein, Amamiya.

Das ist die Strafe, weil du ohne mit uns zu reden gehandelt hast.

Pamm

Ts

Knirsch

Autsch!

So ein Glück ...

... das sind zehn Punkte.

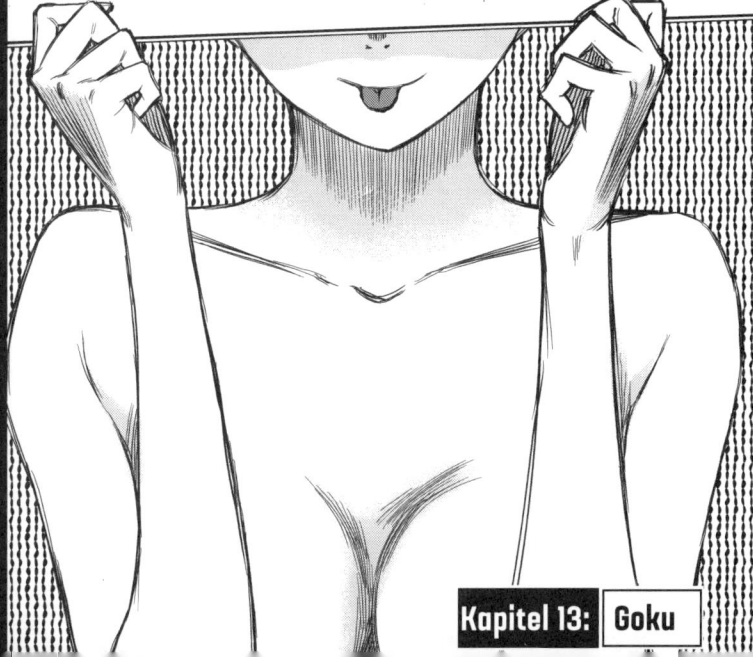

Die Schatten aus unserer Vergangenheit

Kapitel 13: Goku

Ähm, das war …

Worüber habt ihr geredet?

Da seid ihr ja wieder.

Schepper

Er hat gefragt, ob jemand Ärger gemacht hat.

… nur ein einfacher Situationsbericht.

!

Und was nun?

Ich hab genug von Kartenspielen.

Hach! Wie öde.

Heute müssen wir nichts mehr machen.

Keine Sorge.

Ach, wirklich?

Ja …

Ach ja!

Ich hab hier doch was Feines!

Oh!

Spielen wir ...

... Baseball!

6-B

Mir blieb nichts anderes übrig ...

... als Shoyan zu schlagen.

Aber sollte man mir später Vorwürfe machen ...

Hah

... ich mache das, um alle zu beschützen!

Genau ...

... einfach so tun, als hätte ich gedacht, dass der Treffer keine Punkte geben würde!

Badumm

Badumm

... werde ich ...

Es wird sicher gut gehen ...

Tut mir leid, Nezu. Aber ich muss meine Leute beschützen.

Sicher wird irgendeine Gruppe mit null Punkten enden.

Zumindest dürfen wir nicht Letzte werden.

Die von Nezu zum Beispiel.

Badumm

Badumm

Oh nein ...

So sieht es aus.

6-A

...

... Mizuno eine rein!

Dann hau zumindest ...

Dann solltest du ...

... warst du doch auch sauer auf ihn, oder?

Saotome, beim Klassengericht ...

Versteht ihr, weswegen ich euch die Regeln dieses Experiments verraten habe?

Ich werde niemanden schlagen.

Nein.

Wie?

Saotome...

Ich wollte, dass ihr erfahrt, wie entschlossen ich bin.

...wäre ich nicht sicher, ob ihr mir glauben würdet, dass ich niemanden schlagen werde.

Hätte ich jetzt nicht Klartext geredet...

Sollte unsere Gruppe die letzte werden, werden wir Anführer sterben.

...

...dass ich dich da mit reinziehe, Hazuki.

Tut mir leid...

Ich bin bereit, mit diesem Experiment alles zu beenden!

Ich bin auch fest entschlossen!

Mach dir keine Sorgen.

...kämpfen werde, um ihn zu erledigen!

...Dafür verspreche ich euch, dass ich, wenn Mikio mir an den Kragen will, ebenfalls...

... glaube an dich, Nezu!

Und ich ...

... Klassen-sprecher?

6-D

Sollen wir das wirklich tun ...

Spricht was dagegen, Kajiwara?

...

Ich weiß genau, dass ich ein schwacher Mensch bin.

Ja.

Vielleicht würde ich kurz vor knapp doch jemanden schlagen.

Gwwwt

Nein.

...

ich werde nicht nach deiner Pfeife tanzen.

Mikio ...

6-C

...
wenn man sich seinen Schwächen stellt.

Ich werde dir zeigen, wie stark man wird ...

Pack

Wie?

Ja dann müssen wir ihn eben aufmuntern!

Los! Auf ihn!

Wow! So eine negative Ausstrahlung!

Ha ha

Beim lokalen Entscheidungsspiel im Sommer habe ich einen Pitch verworfen und so das ganze Spiel verkackt.

Ausgeschieden nach zwei Niederlagen.

Ah! Frau Sakuraba. ♡

Nicht dort!

Kitzel

Kitzel

Kitzel

Uwaah! Aufhören!

...mit den anderen bestimmt keinen Spaß haben.

In dieser Lage könnten wir...

Das stimmt wohl...

Zum Glück seid ihr fünf in meiner Gruppe.

Wie?

Dann wollen wir das Ergebnis verkünden.

Es ist null Uhr.

Kochunterrichtsraum

Gut.

...die Punkte ansagen, ohne es gesehen zu haben?

Aber wie willst du ...

...habe ich doch nach dem Klassengericht eure Handys konfisziert, nicht?

Weil Shoyan geheime Aufnahmen gemacht hat ...

Wa...

Es gibt versteckte Kameras.

Huch? Ist euch das nicht aufgefallen?

...

Nun denn. Wisst ihr es noch?

Die Wärter des Teams mit den wenigsten Punkten werden sterben.

... und die Handys als Wireless-Kameras verwenden.

Daher konnte ich auch den Störsender deaktivieren ...

... Saotomes Team an.

Fangen wir mit ...

Null Punkte.

Gut!

Wenn auch noch Tsukiokas Team null Punkte hat, sind die Experimente vorbei!

Tsukiokas Team ...

Null Punkte für Team Nezu.

Team Klassensprecher: null Punkte. Und ...

Was?

... passiert den drei Gruppen nichts.

In dem Fall ...

... aber die anderen haben Gleichstand.

Tsukiokas Team hat zwar das Experiment gewonnen ...

... habe ich den anderen dann ...

A... Aber warum ...

Schließlich würde es doch keine Experimente mehr geben, wenn ich sie alle töten würde.

Uwääääh!

Alles, was du getan hast, war ...

... komplett sinnlos.

Kapitel 14: Schall und Wahn

Wa-rum, Kobe-ni?

Wir waren doch ... Freunde ...

!

Was hast du vor?

Sie kann noch spre-chen?

... und ver-letzt wer-den kann, werde ich sie fest-binden!

Damit sie besser geschla-gen ...

Hey! Haben wir nicht irgend-was zum Fesseln?

Wein ruhig.

Schon gut.

U
W
ä
ä
ä
ä
h

Lass es einfach raus.

Uuuh

Solltest du zusammenbrechen ...

... Halt geben.

... werde ich dir ...

Ngah

Zumindest musste bei dem letzten Experiment niemand sterben.

Stimmt.

Ich muss mich zusammen-reißen.

Wenn wir dem Tod nur weiter von der Schippe springen ...

... können wir es schaf-fen!

Am nächsten Morgen

Drück

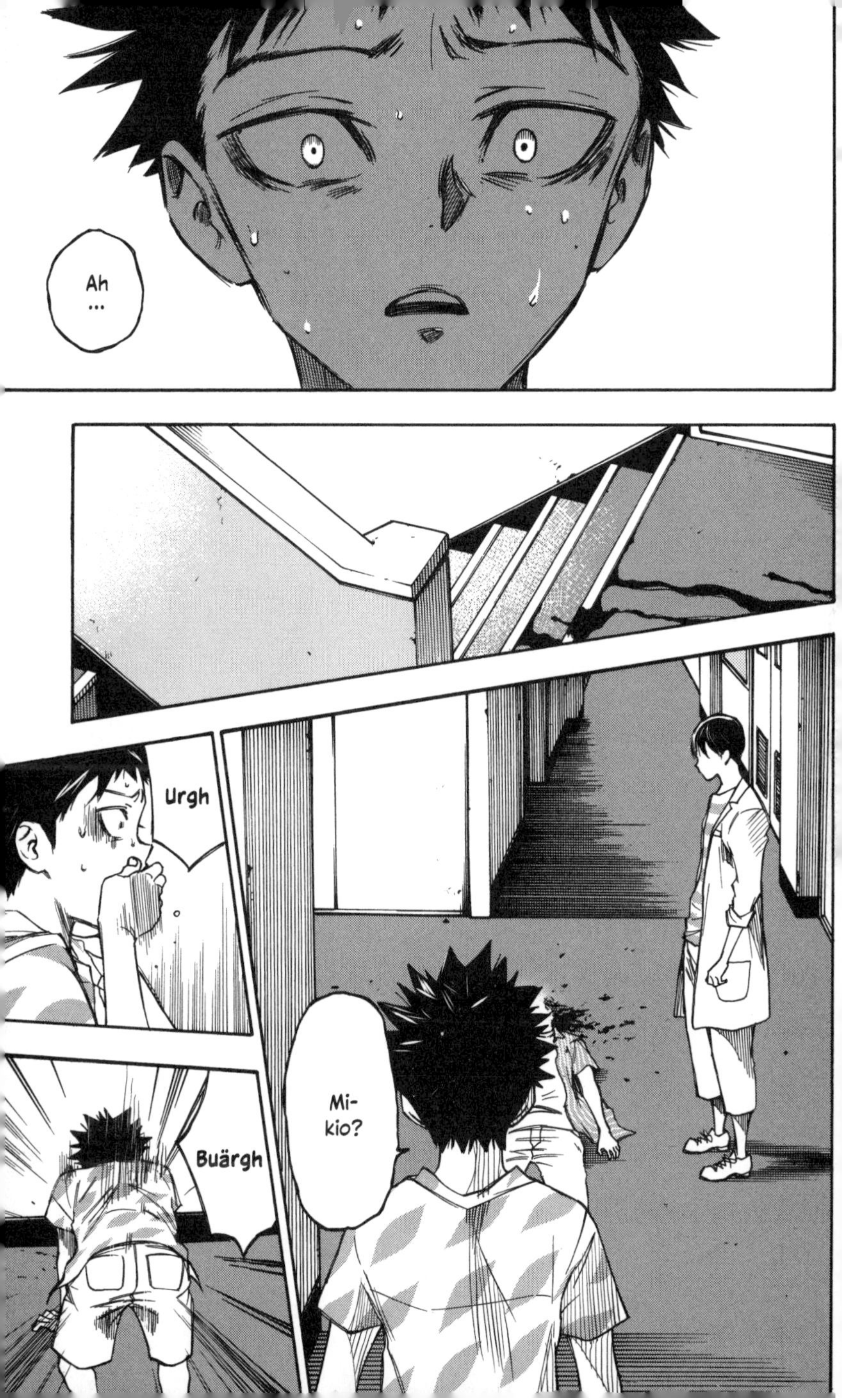
Ah ...
Mi-kio?
Urgh
Buärgh

Was
hast
du?

Nezu?!

Hilfe!

Der
Kopf!
Sein
Kopf!

Hilfe!

Die Kla-
motten
gehören
Sakamoto,
oder?

N
e
i
i
i
i
n
!!

Ich
weiß
nichts
davon.

...
hast
du
...

Mikio
...

... sehe ich zum ersten Mal.

Diese Leiche ...

Klack

Wie?

Wer hat ihn ge- tötet?

Wer war's?

Die Schatten aus unserer Vergangenheit

Fortsetzung in Band 3

f dem ein Mensch

eiben kann.

Die Schatten aus unserer Vergangenheit ③

Der schmale Grat, d

ein Mensch l

Durch einen weiteren »Kameradenmord« wächst das Misstrauen noch mehr. Einige planen, Mikio anzugreifen. Andere wiederum dürstet es nach Rache. Und noch jemand zieht seine Fäden im Hintergrund. Während die Meinungsunterschiede zunehmen, kommt es zu einem weiteren Experiment. Doch die Entscheidung, die die Jungen und Mädchen treffen, führt auch schon zur nächsten Tragödie.

»Es kann nur eine Person gerettet werden.«

Die Schatten aus unserer Vergangenheit

1

Sawayoshi
Azuma

altraverse

Die mit dem Teufel tanzt

Sawayoshi Azuma

Der Dämon Masatora ist auf der Erde, um ein menschliches Idol zu finden, das die faulen Dämonen im Krieg gegen die Engel motivieren soll. Bereits kurz nach seiner Ankunft trifft er auf die bezaubernde Lilly Amane. Was er jedoch nicht weiß: Lilly hat ein Geheimnis, das nicht nur seine Mission gefährdet, sondern ihn auch Kopf und Kragen kosten kann.

Story: Homura Kawamoto
Artwork: Kei Saiki

Kakegurui 1 Twin

altraverse

Kakegurui Twin

Homura Kawamoto | Kei Saiki

Ein Jahr bevor Yumeko Jabami an die Hyakkaou-Privatakademie kommt,
wechselt Mary Saotome auf die Schule. Schnell lernt sie, dass es hier nicht
die Schulnoten bestimmen, wie hoch man in der Rangordnung der Aka-
demie steht, sondern das eigene Können im Glücksspiel – und Mary ist
entschlossen zu den Gewinnern zu gehören.

Kakegurui – Das Leben ist ein Spiel

Homura Kawamoto | Toru Naomura

An der Hyakkaou-Privatakademie geht es für die Schüler nicht um ihr Können im Unterricht oder Sport, sondern um ihr Talent im Glücksspiel. Yumeko Jabami ist neu an der Hyakkaou und beginnt vom ersten Tag an, das System der Schule mit ihrem Zockerwahnsinn auf die Probe zu stellen ...

Kemono Jihen – Gefährlichen Phänomenen auf der Spur

Sho Aimoto

In einem ruhigen Dorf ereignet sich ein seltsamer Vorfall. Um diesen zu untersuchen, reist Inugami, ein Detektiv für okkulte Vorkommnisse, aus Tokio an. Im Laufe seiner Nachforschungen lernt er den jungen Dorotabo kennen und merkt schnell, dass nicht nur sein Name unmenschlich ist ...

King in a Lab Coat

Retsu Ayase

Im abgelegenen Forschungslabor King Lab lebt eine seltsame Gruppe von Wissenschaftlern, angeführt vom Sonderling Shiva. Als eines Tages ein Serienmörder an die Tür des King Lab klopft, ahnt er noch nicht, dass dessen Bewohner ihn schon bald in den Wahnsinn treiben werden ...

Candy & Cigarettes

Tomonori Inoue

Raizo Hiragas ruhiger Lebensabend muss warten, denn seine Tochter und sein Enkel brauchen seine finanzielle Unterstützung. Als sich der ehemalige Personenschützer auf einen Job bewirbt, der zu gut klingt, um wahr zu sein, wird er überraschend zum Handlanger einer elfjährigen Killerin?!

Adou

Amano Jaku

Durch die Straßen einer Stadt, die von Hektik und Lärm bestimmt ist, irrt ein Junge, der von kaum jemandem beachtet wird. Er wirkt hilflos und desorientiert, dabei geht von ihm die vielleicht größte Gefahr für die zivilisierte Welt aus …

Ein Landei aus dem Dorf vor dem letzten Dungeon sucht das Abenteuer in der Stadt

Toshio Satou | Hajime Fusemachi | Nao Watanuki

Im Dorf Konlon glaubt nicht mal der gebrechlichste Opi daran, dass Lloyd das Zeug zum Soldaten hat. Trotzdem will er in der Hauptstadt einer werden. Was Lloyd dabei nicht weiß: Zu Hause hatte er nur Helden um sich, aber unter den Normalsterblichen der Stadt wird er zum tollpatschigen Übermenschen!

Ich habe 300 Jahre lang Schleim getötet und aus Versehen das höchste Level erreicht

Kisetsu Morita | Yusuke Shiba | Benio

Die Büroangestellte Azusa Aizawa arbeitet sich schon in jungen Jahren im wahrsten Sinne des Wortes zu Tode. Doch dann wird sie als siebzehnjährige Hexe in einer fremdartigen Welt wiedergeboren. Dort will sie es langsam angehen lassen, wird Selbstversorgerin und tötet nur ab und an mal einen Schleim ...

Ride-On King – Der ewige Reiter

Yasushi Baba

Alexander Prutinov, der Präsident Prusslands, liebt nichts mehr, als Dinge zu reiten, aber ihn plagt eine Sorge: Er hat bereits alles in dieser Welt geritten. Als er sich nach einer plötzlichen Terrorattacke in einer Fantasie-welt voller Drachen und anderer unbekannter Wesen wiederfindet, flammt ein Feuer in ihm auf, das er längst erloschen geglaubt hatte.

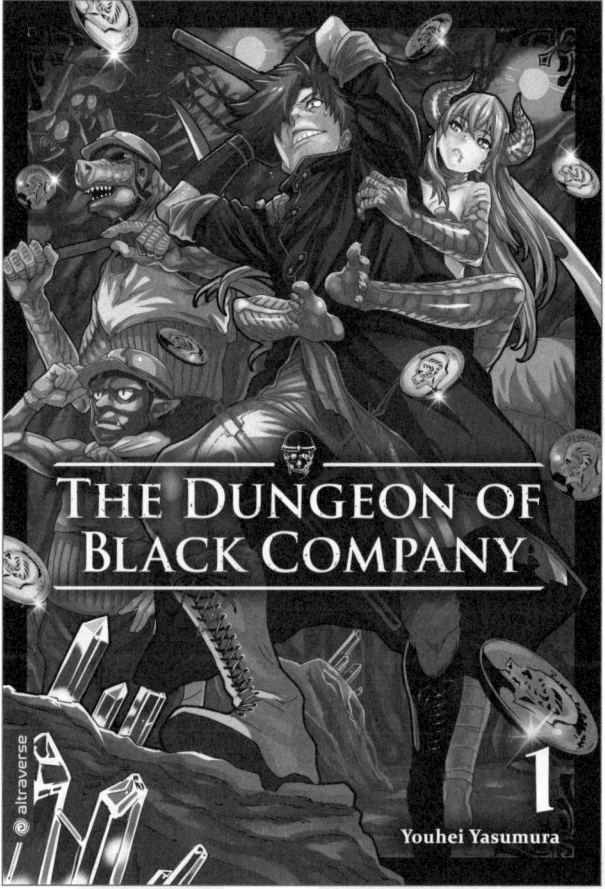

The Dungeon of the black Company

Youhei Yasumura

Kinji hat es weit gebracht: Eine schicke Wohnung, ein Immobilien
imperium und genug Geld, um für den Rest seines Lebens auf der faulen
Haut zu liegen. Doch mit einer unvorsichtigen Bemerkung fordert er das
Schicksal heraus und findet sich plötzlich in einem fantastischen Land als
Arbeitssklave wieder. Nun muss er sich erneut ganz nach oben arbeiten!

Story **Fuse**
Artwork **Taiki Kawakami**
Character Design **Mitz Vah**

Meine Wiedergeburt als Schleim in einer anderen Welt

Fuse | Taiki Kawakami | Mitz Vah

Satoru Mikami wurde ermordet. Aber statt im Jenseits zu landen, wird er in einer anderen Welt als Schleim wiedergeboren. Verwirrt, aber mit mächtigen Skills ausgerüstet, begibt er sich auf ein wabbliges Abenteuer durch eine Welt voller Goblins, Drachen und Zwerge!

Goblin Slayer!

Kumo Kagyu | Kousuke Kurose | Noboru Kannatuki

Eine junge Priesterin schließt sich ihrer ersten Abenteurergruppe an, nur um sich kurz darauf in einem Goblin-Hinterhalt wiederzufinden. Doch sie hat Glück, denn Goblin Slayer hat sich genau diese Goblins als seine heutigen Opfer ausgesucht.

altraverse

Deutsche Ausgabe / German Edition
Altraverse GmbH – Hamburg 2021
Aus dem Japanischen von Lasse Christian Christiansen

NARE NO HATE NO BOKURA
© 2020 Yae Utsumi. All rights reserved.
First published in Japan in 2020 by Kodansha Ltd., Tokyo.
Publication rights for this German edition arranged
through Kodansha Ltd., Tokyo.

Redaktion: Anne Faltin
Herstellung: Madlyn Weyhe
Lettering: Vibrant Publishing Studio

Druck: CPI books GmbH, Leck
Printed in Germany

Alle deutschen Rechte vorbehalten.
ISBN 978-3-96358-653-8
1. Auflage 2021

www.altraverse.de